Las abuelas de Liliana

A Cristina, Camilo y Luis

Copyright © 1998 by Leyla Torres
All rights reserved
Distributed in Canada by Douglas & McIntyre Ltd.
Color separations by Hong Kong Scanner Arts
Printed and bound in the United States of America by Berryville Graphics
Typography by Caitlin Martin
First edition, 1998
Mirasol edition, 1998

Library of Congress Cataloging-in-Publication Data
Torres, Leyla.
    Las abuelas de Liliana / Leyla Torres.
        p.   cm.
    "MIRASOL/libros juveniles."
    Summary: Because one of her grandmothers lives down the street and
the other in a faraway country, Liliana experiences two very different ways
of life when she visits them.
    ISBN 0-374-34341-1
    [1. Grandmothers—Fiction. 2. Spanish language materials.] I. Title.
[PZ73.T65   1998]
[E]—dc21   97-37245

Las abuelas de Liliana

LEYLA TORRES

MIRASOL / libros juveniles

Farrar Straus Giroux   New York

Las abuelas de Liliana son Mima y Mamá Gabina.

Mima vive en la misma calle que Liliana, en un pueblo donde los días de verano son largos y el invierno trae montones de nieve. Mima habla sólo inglés. A veces Liliana visita a Mima por la tarde. Otras veces sus padres dejan que Mima se quede la noche entera con su abuela.

Mamá Gabina vive en un país diferente; Liliana tiene que viajar por avión para verla. Los padres de Liliana la envían a que se pase con ella una o dos semanas a la vez. Mamá Gabina habla sólo español y en la ciudad donde vive el clima es cálido todo el año.

Cuando Liliana se queda donde Mima, ellas hacen ejercicios de yoga por la mañana. Mima tiene una gata llamada Susana que las sigue a todas partes. Susana siempre tiene la lengua afuera, incluso cuando está dormida.

Lo primero que hace Mamá Gabina en la mañana es darles de
comer y cantarles a sus pajaritos. El pájaro favorito de Liliana
es un loro que se llama Roberto, quien siempre repite: "Buenos
días, ¿quiere cacao?"

Mima hace colchas de retazos para
rifarlas y así consigue fondos para
su iglesia. Liliana la ayuda a coser
los cuadrados y los rectángulos de
tela.

Mamá Gabina tiene un jardín
donde cultiva flores y vegetales.
Ella dice que hablarles a las plantas
hace que éstas crezcan fuertes y
sanas. Liliana y su abuela saludan
a cada planta diciéndole: "Hola,
preciosa, ¡qué bien luces hoy!"

Mima sirve un almuerzo pequeño. Un sándwich de mantequilla de cacahuete y mermelada con un vaso de jugo de manzana es suficiente. ¡Pero la cena es un festín!

Mamá Gabina prepara un almuerzo grande. Lo que a Liliana le gusta más es cuando su abuela prepara frijoles en salsa de tomate, ensalada de aguacate y arroz. Generalmente la cena es ligera: un tamal, una tajada de papaya y un vaso de leche.

Cuando Liliana pasa a ver a Mima después de salir de la escuela, Mima le lee cuentos. Su voz es tan suave y dulce que a Liliana le cuesta trabajo mantenerse despierta.

Mamá Gabina duerme la siesta por la tarde. A Liliana le gusta dormirla también, pero le queda difícil porque Mamá Gabina ronca muy fuerte.

A veces Liliana es traviesa y se divierte asustando a las abuelas.
Ella sabe que Mima les tiene miedo a los ratones . . .

. . . y que Mamá Gabina les huye a las ranas.

A Mima le gustan los crucigramas.
Liliana y Mima pasan largos ratos
juntas buscando las palabras precisas.

Mamá Gabina baila cumbia. Liliana
sueña con ser tan buena bailarina
como su abuela.

Después de la cena Mima se sienta junto a la ventana y le cuenta a Liliana historias de cuando Mima era niña. A Liliana le gustan especialmente las que hablan de Marcelle, la gruñona cocinera francesa de los abuelos de Mima.

Mamá Gabina también cuenta cuentos al final del día. A Liliana le gusta oír a Mamá Gabina hablar de cuando ella conoció a su esposo, el abuelo de Liliana, en el festival de San Pascual Bailón.

Muchas noches, después de que sus padres la han acostado en su cama, Liliana cierra los ojos y recuerda la risa y la alegría de Mima y de Mamá Gabina. Sea que vivan en la misma calle o en otro país, las abuelas de Liliana nunca están lejos en sus pensamientos.